AF246805

LETTRE

D'UN MÉDECIN

SUR

LA PANACÉE DE GALLIEN,

MÉDECIN DE L'EMPEREUR MARC-AURÈLE,

PERDUE PENDANT QUELQUES SIÈCLES, ET RETROUVÉE DEPUIS
CENT ANS PAR QUELQUES MÉDECINS FRANÇAIS;

A TROIS DE SES AMIS,

DOCTEURS EN MÉDECINE.

Les aveugles voient, les boiteux marchent,
les paralytiques sont guéris.

A PARIS,

CHEZ Anth^e. BOUCHER, IMPRIMEUR-LIBRAIRE,
RUE DES BONS-ENFANS, N°. 34;

PETIT, LIBRAIRE, PALAIS-ROYAL, GALERIES DE BOIS, N°. 257;

ET DELAFOREST, LIBRAIRE, RUE DES FILLES-ST.-THOMAS, N°. 7.

1826.

AVANT-PROPOS.

En lisant cette lettre, on dira que le gallénisme est ressuscité, et l'on ne se trompera pas. On pourra seulement s'étonner qu'il n'ait pas été reconnu depuis tant d'années qu'il étend ses branches sur l'Europe et sur l'Amérique, malgré la guerre et les persécutions que les passions humaines lui opposent sous le masque de l'humanité; peut-être aussi n'a-t-on pas voulu le nommer.

La philosophie qui, depuis un siècle, a jeté tant de lumières sur les arts et sur les sciences, et cette humanité, dont on parle tant et qu'on exerce si peu, s'uniront sans doute pour arrêter le cours de ces persécutions qui semblent être déjouées par la bonté divine contre la découverte la plus précieuse et la plus universellement utile qu'elle ait permis à l'homme de faire.

En France surtout, où les relatious sont plus faciles que partout ailleurs, c'est une chose vraiment miraculeuse que les progrès de ce système, qui nécessairement ne peuvent venir que de ses succès; car, quelques obstacles que l'on oppose à la raison, elle finit toujours par avoir raison. Mais en France aussi, tout est affaire de parti, et tout parti dégénère en guerre civile. Et pourquoi? Par la sotte vanité de préjuger les questions avant de les approfondir, et de briller par des sophismes. On se souvient encore des Piccinistes et des Gluckistes; j'ai connu un de ceux-ci qui reçut deux coups d'épée en l'honneur de Gluck, qui n'en a jamais rien su. Si celui qui les lui donna lit jamais le testament de Piccini, il sera aussi peiné de sa victoire que confus de son ignorance. Il y verra que Piccini a fondé un concert annuel où il ne doit être joué que de la musique de Gluck, afin que les jeunes artistes qui se destinent à la composition se proposent pour modèle le génie qui a porté la composition dramatique à un degré de perfection dont on n'avait jamais eu d'idée.

J'espère bien que les médecins ne se donneront pas des coups d'épée pour ou contre le Gallénisme; mais j'exhorte fort les malades à ne pas se laisser donner des coups de lancette ni de sangsues avant que les médecins aient prouvé mathématiquement que le sang n'est pas le principe nécessaire de la vie.

LETTRE
D'UN MÉDECIN
SUR
LA PANACÉE DE GALLIEN.

MES CHERS CONFRÈRES EN ESCULAPE,

JAMAIS question plus importante à l'humanité, et par conséquent plus sérieuse, ne fut agitée que celle qui divise aujourd'hui les malades et ceux qui se portent bien, les médecins qui n'aiment pas l'argent et ceux qui aiment les sangsues. Cependant elle est si évidente qu'elle ne peut trouver de contradicteurs que parmi ces gens qui, toujours en garde contre les vérités, ont soutenu que la géométrie est une science fausse, que la lumière ne vient pas du soleil, que la chaleur ne vient pas du feu, et qui ont nié pendant quatre-vingts ans la circulation du sang démontrée par Michel Servet, et dérobée à celui-ci par le docteur Harvey.

Les maladies viennent-elles des humeurs ou viennent-elles du sang? Telle est la question. Admirons d'abord ici l'impérissable mépris de nos docteurs pour l'espèce humaine. Lorsqu'ils veulent inoculer la petite-vérole ou la vaccine, ils insinuent sous l'épiderme l'humeur variolique ou celle du vaccin. Ils avouent donc alors que la maladie résulte de l'humeur; mais veulent-ils guérir, ou vite ou lentement, une simple indisposition, alors ils saignent ou mettent des sangsues, soutenant par-là que les maladies viennent du sang, et qu'il n'est donc pas le principe de la vie; et cependant aucun d'eux ne se laisserait ouvrir les veines pendant une heure seulement pour la plus belle couronne de l'Europe.

D'où peut venir une contradiction aussi évidente? De l'ignorance la plus épaisse, ou de l'avarice la plus coupable. Qu'ils choisissent!

Ils sentent si bien le poids de cette terrible alternative, à laquelle ils ne peuvent échapper qu'en reconnaissant franchement le principe de Gallien, et en administrant eux-mêmes le remède qui en dérive, qu'ils n'oublient rien pour s'y soustraire : voici leur secret. Il n'est point de contrée en France et aux colonies où il n'ait fait des guérisons miraculeuses ; mais comme nous ne sommes plus au temps au temps où l'on pouvait les attribuer à la magie dont Gallien fut accusé ; et comme il est tout naturel que les maladies ne pouvant venir que des humeurs, un remède qui expulse celles-ci doit nécessairement guérir les autres, que font les médecins? Ils accordent qu'il en guérit quelques-unes, et ils avouent même qu'ils l'ordonnent quelquefois, pourvu que l'on convienne qu'il ne les guérit pas toutes. C'est tout ce qu'ils demandent ; il ne leur en faut pas davantage. Alors le malade qui les consulte a toujours une des maladies que le remède de Gallien ne guérit pas.

Faut-il s'étonner si des docteurs crient contre la philosophie moderne, qui n'est, ainsi que l'ancienne, que la raison perfectionnée par la réflexion et par l'étude, et qui, loin d'être sujette à la mode et au changement, est éternelle comme Dieu même dont elle émane, et qui est le plus beau présent que l'homme ait reçu de la munificence divine, puisque seul il le distingue essentiellement des animaux. J'ai vu des gens d'esprit répéter sérieusement cette antique sottise doctorale, et pourtant marcher sur deux pieds. Revenons à notre question.

Je prierai d'abord ceux qui placent la cause des maladies dans le sang de m'expliquer comment il se fait, en Asie, depuis quatorze siècles, que l'humeur variolique insérée aux enfans produise toujours la petite vérole? Comment les enfans des scrophuleux ont-ils des écrouelles, ceux des dartreux des dartres, et ainsi de toutes les maladies héréditaires et antérieures à leur naissance?

Les humeurs viciées nous arrivent de quatre manières : la première par héritage; la seconde par les alimens; la troisième par l'attouchement ; la quatrième par l'air méphitique que nous aspirons. Plus on réfléchit sur la cause des maladies, et plus on est convaincu qu'elles ne viennent que des humeurs; et, par ce mot, on doit entendre tout ce qui dérange l'économie animale, les blessures, les chutes, les efforts d'où résulte du sang extravasé.

Dans la canicule, où les pores sont plus ouverts que dans le froid, qu'un galeux frictionne fortement cent personnes saines et bien portantes, toutes auront infailliblement la gale. Dira-t-on qu'elle était dans leur sang avant cette friction, et qu'elles l'auraient eue le lendemain sans elle?

Le sang est le principe de la vie et de la force; en diminuer le volume, c'est vouloir affaiblir le malade et risquer de le tuer. Que penserait-on d'un jardinier, qui, pour donner de la force à ses arbres, leur ôterait la sève? Ce sont les humeurs viciées, qui, par la pression qu'elles opèrent sur les vaisseaux sanguins, font jaillir le sang à la tête dans l'apoplexie, ainsi qu'un volcan sous la mer produit les trombes, phénomène qui a donné la première idée de la pompe à feu. Ces vaisseaux sont destinés à être pleins de sang, et c'est une absurdité risible de prétendre que tout-à-coup il double de volume. Si les vaisseaux sont pressés dans le sens opposé à l'apoplexie, les hémorroïdes en résultent. Si la quantité d'humeurs viciées est telle que tous les vaisseaux sanguins soient pressés à-la-fois, alors le sang sort par tous les pores. Telle est la maladie qui fit périr Charles IX, et qu'on attribua à un miracle de la vengeance céleste pour avoir fait la Saint-Barthélemi.

On répète sans cesse qu'un remède ne peut guérir toutes les maladies, sans songer que c'est affirmer ce qu'on ignore. Si ensuite l'on vient à apprendre que les plus grands génies de l'antiquité ont discuté la question au lieu de la préjuger, on soulève les épaules, par pitié de soi-même, et l'on rit de sa présomption. Il est certain que si l'on fonde la médecine sur le système qui place la cause des maladies, tantôt dans le sang, tantôt dans les nerfs, tantôt ailleurs, c'est un faux principe qui donne à cette science une si grande latitude qu'elle est sans bornes, et que la charlatanerie en aucun genre ne peut aller plus loin; mais il en résulte aussi qu'elle se dévoile par son excès, ce qui n'est que trop confirmé par les bévues innombrables qui en sont la suite, au lieu que le principe de Gallien, auquel il est impossible de rien opposer, se confirme sans cesse de lui-même. Les humeurs, de quelque nature qu'elles soient, dans quelque position du corps qu'elles soient placées, sont très promptement chassées par son remède; et ce qui le prouve sans replique, c'est que les médecins de son temps l'accusèrent de guérir les malades par la magie; et ce qui le démontre encore mieux, c'est qu'ils le persécutèrent tant qu'ils purent.

Son remède fait encore aujourd'hui les mêmes miracles. J'en pourrais citer plusieurs centaines; je me bornerai à un seul que j'ai vu. Un homme âgé, goutteux ou paralytique, comme on le voudra, était dans son lit depuis quatorze mois. Le dix-septième jour il marcha. Mais voici ce que je veux faire remarquer. Les trois premiers jours il eut des éternuemens de trois-quarts d'heure de suite. Les quatorze derniers jours il n'éternua pas une seule fois. Toute la rhubarbe de la Cochinchine aurait-elle vidé ce lac d'eau, et aurait-elle empêché que le malade, au défaut de la goutte ou de la paralysie, ne pérît par une hydropisie cérébrale ?

On voit dans l'Iliade, qu'au siége de Troie, un médecin grec, nommé Podalyre, fils d'Esculape et frère de Machaon, saigna une princesse grecque. Les hellénistes modernes, enthousiastes d'Homère, ont prétendu trouver dans ses ouvrages l'origine de tous les arts et de toutes les sciences, depuis la guerre qui tue jusqu'à la médecine qui ne guérit pas, mais qui fait ou qui laisse mourir. C'est sans doute un médecin qui trouva toute cette science dans cette saignée-là ; et en effet c'est une mine d'or pour ses confrères.

Quelques autres, sachant combien l'antiquité d'une invention lui donne de lustre et lui attire le respect des imbéciles, la firent remonter au pélican et à l'hippopotame. Ils voulaient par-là honorer les inventeurs ; mais ils ne prirent pas garde que ceux-ci, étant des bêtes, les mauvais plaisans ne manqueraient pas de dire que l'invention était digne de ses auteurs.

Quoi qu'il en soit, Thémison, chef de la secte des méthodistes, fut regardé comme l'auteur de la saignée, mais « cette » opération est si visiblement funeste que plus Hippocrate » était habile, et plus il est étonnant qu'il n'ait pas vu qu'elle » sert à répandre, dans toutes les parties du corps humain, » les levains morbifiques qu'il recèle. » Remarquez, lecteur, que cette phrase est du chevalier de Jaucourt, l'un des hommes les plus savans que la France ait produits.

Hippocrate, Arétée et Gallien, sont les plus célèbres médecins de l'antiquité ; le premier a été par cette raison-là, pour avoir adopté la saignée, surnommé le père de la médecine, et ne doit être appelé que le père des médecins qu'il enrichit, et le bourreau de l'humanité qu'il tourmente et assassine : c'est donc à lui que doit être imputée cette opération que les tigres adopteront infailliblement aussitôt qu'ils auront des médecins. Hippocrate a fondé d'un mot, une habile spéculation en finances et une horrible conspiration contre l'humanité; mais il en sera quelque jour de la saignée comme des perruques de Louis XIV : la postérité aura peine à croire que les hommes aient été assez fous pour s'y soumettre.

Gallien en fut le bienfaiteur en prouvant, avec une évidence indestructible, que les maladies ne pouvaient venir que des humeurs, d'où résulte nécessairement le remède unique et universel, la purgation. Sortez la médecine de cette base fondamentale, ce n'est plus même un art conjectural : c'est une science absolument fausse, destinée à tenir le genre humain dans un état permanent de maladie. Tous les principes de ce chef-d'œuvre de machiavélisme médical, sont opposés aux lois de la nature, tandis que celui de Gallien les confirme toutes en s'y conformant. Seul, il explique les phénomènes de l'hydrostatique dans le corps humain ; seul, il a démontré naturellement, et *quatorze siècles d'avance*, la cause de la maladie de Charles IX, que l'ignorance des médecins n'a pu ou n'a pas voulu faire connaître. Si c'est là un rêve, il mérite l'attention des gens éveillés.

L'opinion, qui place la cause des maladies dans le sang, est non seulement absurde, mais encore impie ; elle tend à détruire l'intelligence divine ; elle mène à l'athéisme. Comment croire en effet que cette suprême intelligence aurait mêlé le principe de la vie avec celui de la mort ? Le genre humain n'aurait pas duré un siècle.

Que dirait-on du mécanicien qui a le premier adapté la pompe à feu aux bateaux à vapeurs, s'il avait engréné le mécanisme qui arrête les roues avec celui qui les fait mouvoir ? On dirait avec raison que c'est le plus inepte des hommes ; et voilà cependant le blasphême que l'on a l'audace de prononcer contre la providence divine dans le plus parfait de ses ouvrages ! Voilà ce que l'on profère positivement en soutenant cette opinion ! Voilà ce que la soif de l'or fait affirmer par l'impiété la plus effrénée, et ce que la sottise répète avec une confiance qui serait risible, si elle n'était déplorable. Mais combien de gens transigeraient sur la providence, pourvu que des billevesées lucratives fussent à couvert !

J'ai entendu taxer de plaisanterie la réfutation très sérieuse de ce blasphême qui, loin d'être plaisant, est si horrible et d'une conséquence si dangereuse qu'elle suffirait à renverser l'ordre social, en ôtant au scélérat les remords et la crainte du châtiment, et en enlevant au juste la consolation et l'espoir de la récompense due à la vertu ; et (le croirait-on) c'est par des gens qui se scandaliseraient et crieraient à l'impiété si on leur disait qu'il est douteux que l'ânesse de Balaam fit la conversation avec son maître, ce qui prouve dans quel cloaque d'abrutissement l'homme peut être plongé par la superstition.

C'est un principe certain et confirmé par l'expérience que la saignée et les sangsues sont l'expédient le plus infaillible pour faire d'une légère indisposition une longue et souvent dangereuse maladie. Cette meurtrière découverte laisse aux humeurs un espace vide dont elles s'emparent, et qui redouble leurs ravages. C'est ce vide qui procure quelquefois au malade un soulagement trompeur et de courte durée. Chassez les humeurs, et le sang circulera avec plus de liberté. Le résultat nécessaire des vésicatoires, des sangsues et de la saignée, c'est la cécité et l'hydropisie.

D'après Gallien, la seule manière de guérir est d'expulser les humeurs par le vomissement, si elles sont dans les parties hautes, et ensuite par la purgation. Quand on voit des malades, traités par son remède, vomir des matières horribles, de toutes couleurs, quelquefois d'un volume considérable, et qui sont incontestablement la cause de leurs maladies, qui pourra croire que cette cause soit amalgamée avec le sang, et passe avec lui dans les artères, dans les veines et dans toutes ces filières imperceptibles du corps humain ?

Mais supposons un instant que le germe de ces matières morbifiques soit mêlé avec le sang, il y sera nécessairement en très petite quantité ; ainsi, en tirant deux palettes de sang, on tirera tout au plus une goutte de ce germe. Le levain qui y restera se sera bientôt reproduit, et continuera ses ravages ; le seul moyen de les arrêter sera donc d'extraire entièrement ce germe, ce qui ne peut se faire qu'en tirant tout le sang, en sorte qu'il n'y aura de recette sûre pour guérir un homme que de le tuer.

Il est incontestable que le remède de Gallien est un furet qui chasse de partout les humeurs viciées, de quelque nature qu'elles soient. Les triples guérisons opérées par lui en sont des preuves sans replique. La goutte, le rachitisme, le croup, les écrouelles, la pierre, la fièvre jaune, les cancers, l'épilepsie, le scorbut, l'hydropisie cérébrale, n'ont jamais été radicalement guéris avant lui ; les maladies vénériennes ne l'ont été qu'imparfaitement.

Dans l'apoplexie foudroyante, donnez de suite en dose suffisante le vomitif de Gallien, en douze heures le malade sera guéri. Suivez la méthode ordinaire, saignez-le jusqu'au blanc, couvrez-le sangsues, mettez-lui des cynapismes, frictionnez-le avec de l'eau-de-vie camphrée et des mouches cantharides ; s'il a la force et le bonheur de résister à ce traitement diabolique, soyez sûr que l'année ne se passera pas sans qu'il n'éprouve une rechute.

Ce remède est violent, disent les médecins ; essayez le, et vous verrez avec étonnement qu'il n'en existe pas un plus doux. Il a tué beaucoup de gens ; remontez à la source, et vous trouverez que ceux qu'il a tués ont attendu leur dernier moment pour le prendre, ou ne l'ont pas pris du tout.

Que penser de gens qui décrètent qu'un remède est dange-

reux, et qui administrent tous les jours le quinquina l'émé-
tique, l'opium, les pilules de ciguë, celles de Béloste, l'ex-
trait de Saturne, le mercure, le Rob anti-syphillitique, et en-
fin le moxa? J'ai vu un vieillard de quatre-vingts ans qui
croyait avoir des sables dans la vessie, et auquel des médecins appliquèrent le moxa sur le coccix. Il mourut dans des
douleurs affreuses. Ne vaudrait-il pas autant couper le bout
du nez d'un homme pour le guérir de cors aux pieds?

Une jeune femme est morte entre leurs mains, on l'a ou-
verte; les uns ont décidé qu'une apoplexie foudroyante l'avait
emportée; les autres ont soutenu que c'était une hydropisie
cérébrale. Quand ils auraient voulu démontrer la fausseté de
leur médecine hippocratique, ils n'auraient pu mieux réussir.

Une respectable mère de famille, d'une santé forte, est trai-
tée pendant huit mois pour un squirre, par trois médecins célé-
bres, riches et baronisés pour leur haute science. Elle accou-
che et meurt, ainsi que son enfant, à force d'avoir été saignée.
Mais, ce qui est admirable, c'est que des docteurs fameux ne
soupçonnent pas pendant huit mois, ce que le plus ignare peut
savoir au bout de huit semaines, par le pouls, ce baromètre
infaillible du corps humain.

Il serait facile d'entasser des in-folio de bévues semblables
qui ne cesseront que quand notre brave et magnanime Roi en
sera instruit, et que nos législateurs nous donneront une des
meilleures lois de l'ancienne Égypte, où les médecins ne pouvaient recevoir d'émolumens que les trois premiers jours de
la maladie. Alors, au quatrième jour, ils auront recours à Gallien, ou, à leur défaut, le malade s'y déterminera lui-même,
ce qui vaudra encore mieux, car avec lui on peut se passer
très bien des autres.

Les partisans des médecins répètent d'après eux que les
mêmes causes ne produisent pas toujours les mêmes ef-
fets, et que tel remède qui a sauvé un homme, le tuera
un autre jour. Il est plaisant que ce principe, qui paraît d'abord
un excellent topique sur toutes les bévues médicales, soit le
sarcasme le plus évident contre les médecins; car alors à
quoi servent-ils?

Si leurs adversaires voulaient répandre sur la médecine le
pyrrhonisme le plus absolu, et sur les médecins le ridicule le
plus ineffaçable, pourraient-ils mieux s'y prendre?

Après avoir parlé de la plus importante de toutes les découvertes, disons un mot du véritable inventeur. Gallien était
fils d'un riche citoyen de Pergame, dans l'Asie-Mineure, ville
rebâtie sur les ruines de Troie. Avec la santé la plus débile,
la nature le doua d'un esprit supérieur et d'un génie rare; il

étudia presque toutes les sciences dans Alexandrie, qui en était alors la capitale. En adoptant les principes d'Hippocrate, sur l'anatomie et sur la description des maladies, il fut révolté de l'extraction du sang, et posa comme base fondamentale de la médecine, qu'étant le principe nécessaire de la force et de la vie, il fallait le conserver avec soin, et que les humeurs viciées étant les seules vraies causes des maladies, il fallait les expulser par la purgation. Cet axiome, aussi évident que ceux de la géométrie, et qui ne peut être contesté que par la mauvaise foi, étant posé, il imagina d'amalgamer le résidu des purgatifs les plus doux dans l'alcool, afin d'éviter aux malades le déboire d'une grande médecine. Cela fait, il essaya sur lui-même son remède, et rétablit si bien sa santé chancelante qu'il est mort dans sa 111e. année.

Il vint à Rome, où l'empereur le prit pour médecin; et comme il guérissait très promptement toutes les maladies, le médecins l'accusèrent de magie, et le persécutèrent [au poin que, pour n'être ni empoisonné, ni assassiné, il fut obligé de quitter Rome et de s'en revenir à Pergame.

Marc-Aurèle, étant monté sur le trône, sentit que son premier devoir était de veiller sur le premier des biens de se sujets, il le rappela auprès de lui, et Gallien mourut à Rome comblé des bénédictions de cette capitale du monde, honoré de la faveur de ce grand et vertueux prince, et de la rage de médecins.

Cependant plusieurs d'entr'eux adoptèrent son système, e furent nommés *humoristes ;* car il y a déjà long-temps que ce noms de sectes servent au moins à faire présumer l'erreur quoiqu'elle n'y soit pas toujours. Au reste, ce nom ne leur fu pas inutile ; le peuple, indigné de l'avarice des persécuteur de Gallien, les chassa de Rome un peu brusquement; et Marc-Aurèle forma, en l'honneur de son ami, le bienfaiteur de l'humanité, le mot *panacée,* qui veut dire remède universel.

A la suite de cet aveu, dans une édition de l'Encyclopédie, l'on trouve ces mots curieux : *Plusieurs remèdes ont été nommés ainsi : La panacée mercurielle, et la panacée antimoniale.*

Malheureusement aujourd'hui l'on ne connaît que trop les affreux ravages du premier; et le second, pour sa première apparition dans le monde, a failli faire crever un nombreux couvent de moines, d'où lui est venu son nom. L'on peut juger que cet article a échappé à l'œil de Diderot et de Dalambert, ou qu'il a été inséré après eux.

Il n'est sorte d'absurdités que l'esprit de parti ne suggère, même aux têtes les mieux organisées. J'ai entendu un partisau des médecins soutenir sérieusement qu'après avoir passé leur jeunesse à étudier la médecine, il serait bien fâcheux pour eux de ne pouvoir plus exercer leur industrie sur le corps humain, ce qui arrivera infailliblement lorsque le remède de Gallien sera généralement répandu.

Mais d'après ce beau raisonnement-là, si l'on pouvait empêcher les crimes, que pourrait-on répondre aux bourreaux qui se plaindraient de n'avoir plus de gens à pendre ou à guillotiner ? Au reste, c'est une affaire de parti entre l'avarice et l'humanité; c'est aux malades, qui sont les vrais juges de cette cause, à la juger avec sagesse et prudence, et en se dépouillant de toutes préventions. Qu'ils voient des malades, traités par ce remède, et qu'ils ne s'en rapportent qu'à leur propre expérience.

L'intrigue et l'avarice lui ont voué une haine éternelle. Il paraît qu'environ un siècle après la mort de Gallien, son système et son remède furent perdus en Europe, mais furent conservés dans quelques parties de l'empire Romain; on l'a trouvé chez quelques peuplades africaines, et dans l'Asie-Mineure. Depuis l'invasion de Mahomet II, il a été connu dans quelques parties de l'Europe, et probablement par les ouvrages de son inventeur, qui ont été traduits du grec en latin. Depuis près d'un siècle et demi, trois médecins français l'ont aussi retrouvé. Les ouvrages d'Alliaud sont d'après le système de Gallien, ainsi que ceux d'un médecin de Nantes, qui est le plus moderne des trois Français; mais tous ont fait comme le docteur Hervey et comme le geai de la fable, ils ont voulu se parer des plumes du paon. Peut-être ont-ils eu tort, non-seulement pour leurs intérêts pécuniaires et pour leur tranquillité, mais même pour leur gloire. La raison finit toujours par être victorieuse; là postérité reconnaît bientôt le plagiaire, et le place d'autant moins haut qu'il a voulu usurper la suprématie de l'inventeur.

Il est fort probable que si nos médecins, qui ont retrouvé cette découverte, la plus précieuse à l'humanité que Dieu ait permis à l'homme de faire, eussent rendu gloire au génie de Gallien, et se fussent contentés de la seconde place, assez belle pour satisfaire l'ambition des plus grands amis de l'humanité, il est fort probable que le respect aurait contenu les falsificateurs et les persécuteurs que les vérités trouvent toujours chez les contemporains.

Les passions haineuses et viles, telles que l'avarice, l'envie et la cupidité, trouvent mieux leur compte à attaquer ceux-ci, qui ont d'autant plus d'ennemis que leur mérite brille d'un plus grand éclat. Qui en a jamais eu plus que M. de Voltaire, à commencer depuis Desfontaines, l'auteur de la Voltairomanie, jusqu'à ceux de nos jours, qui ont essayé de prouver que toutes ses tragédies étaient détestables ; et frère Nonote, de jésuitique mémoire, qui aurait bien plus utilement et plus honnêtement employé son temps en continuant de raccommoder des souliers dans la boutique de son père, à Besançon, que de faire un livre qui n'a jamais servi qu'à plier du poivre ? Si les détracteurs ont un grand avantage à attaquer même le génie que le temps n'a pu encore consacrer, à plus forte raison que ne tenteront-ils pas contre ceux qui, sans génie et sans esprit, s'emparent des glorieuses dépouilles d'un grand homme, et qui pour mieux déguiser leurs larcins, insultent la mémoire du plus grand bienfaiteur de l'humanité, de celui qui devrait avoir son buste en plâtre sur les portes de toutes les chaumières, et sa statue en bronze sur les portes de tous les palais.

Au reste, le plus moderne des médecins français qui ont retrouvé la panacée de Gallien (M. Pelgas de Nantes), a rendu à l'humanité un assez grand service pour qu'elle lui en doive une éternelle reconnaissance ; et il est probable que son gendre (M. Le Roy) n'aurait pas éprouvé des tracasseries pénibles, s'il eût connu l'objet de cette lettre, et qu'il eût rendu cet hommage dû à la vérité et honorable à la mémoire de son beau-père.

Résumons. Nous venons de voir avec toute l'évidence de la géométrie, que, pour l'inoculation de la petite-vérole et de la vaccine, les médecins démentent par leur pratique ce qu'ils affirment par leur théorie.

Nous avons vu que depuis Marc-Aurèle jusqu'à notre temps, l'avarice médicale ne s'est pas démentie ; qu'elle a constamment travaillé à anéantir les découvertes utiles, et persécuté les inventeurs.

Nous avons vu que l'opinion, qui place la cause des maladies dans le sang, est non-seulement absurde, mais encore impie, puisqu'elle tend à détruire l'intelligence divine, et mène à l'athéisme.

Nous avons vu que si la cause des maladies était dans le sang, il n'y aurait d'autre manière pour guérir radicalement un homme que de le tuer.

Après ces axiomes incontestables, que veulent donc les médecins pour rester en paix ? est-ce de l'argent, ou bien de l'argent ?

Croyez-moi, mes chers Confrères, vous avez perdu vos peines, et, qui plus est, votre encre, en voulant proscrire la panacée de Gallien, que doivent connaître ceux d'entre vous dont les oreilles n'ont pas un pied de long.

Il est probable que quelques médecins connaissent Gallien

et suivent son système, mais en secret, de peur d'être rayés de la matricule. J'en connais un qui use toujours de ce remède pour sa femme et pour lui-même, mais il est si scrupuleux sur la santé de ses malades, qu'il ne le leur permet jamais.

J'en ai entendu un raconter gravement qu'il avait vu un enfant, né depuis cinq heures, qui avait *le croup causé par un coup-d'air*, pris sans doute dans le ventre de sa mère ; il lui mit une sangsue et le guérit.

Il y a aujourd'hui trop de relations en Europe pour pouvoir arrêter une aussi importante découverte. Croyez-moi, vous dis-je, il ne vous reste pas long-temps encore à pouvoir vous dire comme ceux de Molière : *Passez-moi la rhubarbe, je vous passerai le séné.* Faites de bonne grâce ce qu'il vous faudra bientôt faire par force. Cachez vite le petit bout d'oreille, et, s'il en est temps encore, ne laissez pas croire à vos malades que vous préférez leur argent à leur santé.

SGANARELLE.

IMPRIMERIE ANTHELME BOUCHER, RUE DES BONS-ENFANS, N°. 34.